우드스탁,
작지만 이만하면 충분해

찰스 M. 슐츠 지음

알에이치코리아

Woodstock
우드스탁

날개를 파닥이는 작고 노란 새. 하지만 날다가 이곳저곳에 자주 부딪치고 높이 날지 못한다. 스누피의 단짝 친구이자 유능한 비서로, 스누피만 이해할 수 있는 언어로 말하며 그의 말장난과 짓궂은 농담을 잘 받아준다.

관심사 ♩♪

- ◉ **비글 스카우트** 스누피의 부사령관으로 비글 스카우트 나머지 멤버들의 하이킹을 이끄는 리더다.
- ◉ **헬리콥터** 스누피의 헬리콥터 조종사로 활약하기도 한다.
- ◉ **벌레** 한때는 우드스탁이 가장 좋아하는 음식이었으나 벌레 학교에 다니는 동안 한 벌레와 사랑에 빠지게 됐다.

비밀 아닌 비밀 ♩♪

우드스탁이 만화에 처음 등장한 건 1967년이지만, 우드스탁이라는 이름으로 불리게 된 건 음악 페스티벌에서 이름을 따온 후인 1970년부터다.

우드스탁은 지평선 멀리 날아가고 싶어 하지만,
지평선이 어디 있는지를 몰라.

흐음

9

툭!

음, 내가 오해를 좀 풀어줄 수
있을 거 같아.

눈보라는 눈사람을 걷어차서 생기는 게 아니야!

휴

흐음

이동 주택이군.

난 박쥐 놀이가 싫어!

네게 인생 철학이 있는지 궁금할 때가 있어.

난 어쩌면 알고 있는지도 몰라.

"작은 것이 아름답다!"

친애하는 선생님께…

쿵!

월요일 아침엔 비서들이 별 쓸모가 없어.

지금은
한 시 십 분이야.

지금은
한 시 삼십 분…

툰!

이젠
한 시 사십오 분…

화요일엔 비서들이
점심 먹고 늦게 돌아오지…

에헴!

가끔 너무 자세히 설명하려고 든다니까!

우드스탁이 하는 이야기는 시작은 늘 좋은데
그다음은 너무 슬퍼져…

설마, 농담이겠지!

『전쟁과 평화』를 읽어줬으면 좋겠단 거지?

그치만 벌써 네 번째 단어를 읽었단 말이야!
그런데 어떻게 처음으로 다시 돌아갈 수가 있어?

우드스탁…
얘는 정말 불합리해!

"…그리고…"

그게 다야!
"그리고"!
난 하루에 한 단어만 읽어…
그 단어가 이거야…
"그리고"!

나더러 『전쟁과 평화』를
어떻게 읽느냐고 하지 마!

우드스탁? 쟤가 스케이트보드를?

저런 바보 같은 새를 봤나…
우드스탁은 스케이트보드를 타면 안 되는데…

그러다 죽는다고…

툉!

믿을 수가 없어!

우드스탁이 벌레와
사랑에 빠지다니!

믿을 수 없어…

그건 내가 사료 캔과 사랑에 빠진 것과 같은 거라고.

이동 시기로구나…

요즘은 매년 수백만 마리의 새들이
따뜻한 기후를 찾아 날아오르는 시기야.

강도 당할까 봐 겁내는 우드스탁만 빼고 다!   휴

그렇게 형편없는 변명은 처음 들어 본다!　　휴!

타닥 탁 타닥

수요일엔 비서들이
아주 열심히 일해…

이리 뛰고 저리 뛰고 하다가…

타닥 탁 타닥 탁
띵!

···멋지게 해내지.

···수요일은, 됐어!

전화 왔어!

뭔지 알 것 같아…

알았어.

목요일엔 늘 비서들이
아파서 못 나온다고
전화하더라고…

툭!

툭!

이거 어때?

이런!

이건 어때?

그럼 이건?

우드스탁이랑은 낚시를 갈 수가 없어…
벌레란 벌레는 하나하나 다 알고 있으니까!

네 인형 세트에 맞는 장난감 자전거를 주문했는데
올 생각을 안 해.

잘못된 주소로 배달된 것 같은 느낌이야.

음, 누가 받았든 잘 가지고 놀길 바라야지, 뭐!!

이제 앞바퀴까지 들고 타네! 맙소사!

우드스탁이 새 자전거를 타고 오네.

난 쟤가 이렇게 말할 때가 싫어.
"이봐, 나 날개 없이도 탄다!"

재가 그러는데, 내가 자기가 있을 공간을 침범했대!

재가 전화선 대용으로 쓰일 준비가 되려면 한참 멀었어…

어릴 땐 미래에 대해
많이 생각해.

삶에 대해 생각하고…

무엇이 되고 싶은지에 대해
많이 생각하지…

우드스탁은 독수리가
되고 싶어 해.

이건 호박이라는 거야.

오늘 밤이 할로윈이야…
네 눈에 보이는 호박들은 모두 다 유령들로 가득 차 있어!

우드스탁은 자기 정체성을 찾는 중이야.

높은 곳을 못 견디는 걸 보면, 독수리는 아니란 걸 알지.

또 다른 사실은, 오리도 아니라는 거야!

가여운 우드스탁…
벌레들한테 늘
괴롭힘이나 당하고.

추수 감사절은 새한테는 좋지 않은 날이야…

멍!

새들은 둥지를 짓는 데
줄기가 왜 저렇게 많이 필요할까?

나도 잘 몰라.

84

우드스탁이 엘리베이터 놀이를 할 때면
쟤가 싫어져!

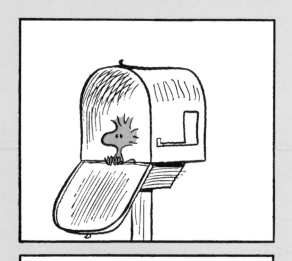

우드스탁은 우체통에
오래 앉아 있으면 크리스마스 카드가
올 거라고 생각하나 봐…
저렇게 순진하다니까… 쟤는 정말…

우드스탁이 여는 파티는 지루해!

스누피는 정말로 좋은 개예요.

탁 타닥 탁

의리 있는 친구고요.

그래서 우리 바나나 코를
'올해의 개'로
추천하고 싶어요.

히히히
히히히

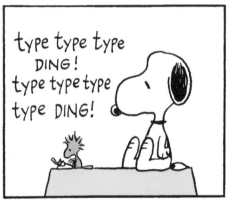

탁 타닥 탁 띵!
타닥 탁 탁 띵!

찍! 쾅! 달그락달그락!
타닥 탁 탁 띵!

탁 타닥 탁 띵!
착 착 착, 쓰윽 쓰윽!
쾅쾅! 타닥 타닥
?!*?! 찍!
타닥 탁 띵!

쌩!

금요일 오후 네 시엔
비서들이 엄청 시끄러워.

그리고 토요일에는
한낮이 되어도
안 일어나지!

전화 왔어.

우드스탁은 바이올린이나 소방차를
한 번도 본 적이 없고,
과자 가게에도 한 번을 못 가봤어…

오페라나 교향곡을 들어본 적도 없어…
영화나 연극을 본 적도 없어…

그 대신, 하늘과 구름, 땅과 해,
비, 달, 별들, 고양이와
여러 벌레들을 보며 살아왔지…

우드스탁은 자신이
아주 충만한 삶을 살아왔다고 느껴!

펠리컨?

CONNOISSEUR

전문가

옮긴이 강이경

영어영문학을 전공하고 책 만드는 일을 오래 했습니다. 2006년 동아일보 신춘문예 아동문학 부문에 당선했습니다. 그림책과 동화, 인물 이야기들을 쓰고, 외국 그림책과 어린이 책을 우리말로 옮기는 일을 하고 있습니다. 《가슴에 우주를 품은 조선의 선비 홍대용》, 《착한 어린이 이도영》, 《조금 특별한 아이》 등을 쓰고, 《내 꿈은 엄청 커!》, 《사랑해 너무나 너무나》, 《스누피와 찰리 브라운 이야기》 등을 우리말로 옮겼습니다.

우드스탁, 작지만 이만하면 충분해

1판 1쇄 발행 2019년 7월 25일 **1판 4쇄 발행** 2022년 1월 28일

지은이 찰스 M. 슐츠
옮긴이 강이경

발행인 양원석 **편집장** 차선화
책임편집 이슬기 **영업마케팅** 윤우성, 강효경, 박소정

펴낸 곳 ㈜알에이치코리아
주소 서울시 금천구 가산디지털2로 53, 20층 (가산동, 한라시그마밸리)
편집문의 02-6443-8916 **도서문의** 02-6443-8800
홈페이지 http://rhk.co.kr **등록** 2004년 1월 15일 제2-3726호

ISBN 978-89-255-6667-2 (03800)